PHILIPPE GELUCK

LE RETOUR DU CHAT

Librio

Pour Dany, Antoine et Lila

www.geluck.com
www.casterman.com/lechat

IL Y A QUELQU'UN
SANS QUI ...
TOUT CE QUE J'AI FAIT JUSQU'À PRÉSENT
N'AURAIT PAS ÉTÉ POSSIBLE
MOI

NE TROUVEZ-VOUS PAS QUE L'ANIMAL QUI SE TROUVE À L'AUTRE BOUT DE CETTE LAISSE EST RIDICULE ?
OUI

PLUS QUE 12 KM
PLUS QUE 18 KM
PLUS QUE 23 KM

J'AVAIS PARIÉ AVEC UN COPAIN ...
QUE JE NE DIRAIS RIEN DANS LES 2 PREMIÈRES CASES

IL PARAÎT QUE NOTRE CERVEAU NE FONCTIONNE QU'À 50% DE SES CAPACITÉS
JE NE LE CROIS QU'À MOITIÉ

ÇA S'APPELLE : "ORNITHOLOGUE IMBÉCILE, OBSERVANT UNE GRUE"

LE RIRE EST LA SEULE CHOSE
QUI DIFFÉRENCIE L'HOMME DE LA BÊTE
SI L'ON EXCEPTE TOUTEFOIS...
LA VEULERIE LA MÉCHANCETÉ L'AVARICE LA CRUAUTÉ MENTALE
LA MALHONNÊTETÉ L'ALCOOLISME LA VULGARITÉ
L'ORGUEIL LA PERFIDIE
L'APPÂT DU GAIN ET
LE SENS DES AFFAIRES

JE VOYAGE BEAUCOUP
OÙ?
ICI
ailleurs
LÀ-BAS

POUR FAIRE DE LA LITTÉRATURE
AVEC UN GRAND L
IL FAUT ÊTRE QUELQU'UN !
AVEC UN GRAND Q

LE SUCCÈS...
À QUOI ÇA TIENT !
QUAND MÊME !

PROUT
IL EST TROIS HEURES PÉTANTES

S'IL M'EST ARRIVÉ UN JOUR DE ME MOQUER DES PHILATÉLISTES... IL S'EST TROUVÉ DES AMIS DU TIMBRE POUR M'ÉCRIRE LEUR INDIGNATION
MÊME CHOSE AVEC LES PÊCHEURS À LA LIGNE, LES BOULANGERS OU LES HOMMES POLITIQUES..
PAR CONTRE... QUAND JE ME MOQUE DES CONS, JE NE REÇOIS JAMAIS DE COURRIER

AU FOND...
SI LE PHONOGRAPHE AVAIT ÉTÉ SPHÉRIQUE
ET EN CUIR
ET SI UNE ÉQUIPE DE ONZE JOUEURS
ESSAYAIT DE L'ENVOYER DANS LE BUT DE L'ÉQUIPE ADVERSE
...EN TAPANT DESSUS AVEC LE PIED.
EDISON N'AURAIT PAS INVENTÉ LE PHONOGRAPHE
MAIS LE FOOTBALL

UN HUMORISTE DÉSESPÉRÉ
DOIT SE DIRE QUE LA VIE
EST UN JEU DE MAUX

DEPUIS QUE JE DESSINE SUR DU PAPIER DE COULEUR
JE N'AI PLUS L'ANGOISSE DE LA PAGE BLANCHE

"ILS ÉTAIENT SIX MARCHEURS QUI MARCHAIENT SUR LA ROUTE"
CET ADMIRABLE ALEXANDRIN COMPORTE AUTANT DE PIEDS QUE LES GENS DONT IL PARLE

OUI ! IL EST POSSIBLE D'INITIER L'ENFANT
AU CALCUL MENTAL AU MOYEN DE CALCULATRICES ÉLECTRONIQUES
DEUX CALCULATRICES ÉLECTRONIQUES
PLUS TROIS CALCULATRICES ÉLECTRONIQUES
ÉGALE CINQ CALCULATRICES ÉLECTRONIQUES
(JE VÉRIFIE)

REGARDEZ BIEN CES DEUX PHOTOS A ET B
LA PHOTO "A" NE REPRÉSENTE RIEN
LA PHOTO "B" REPRÉSENTE LA PHOTO "A"

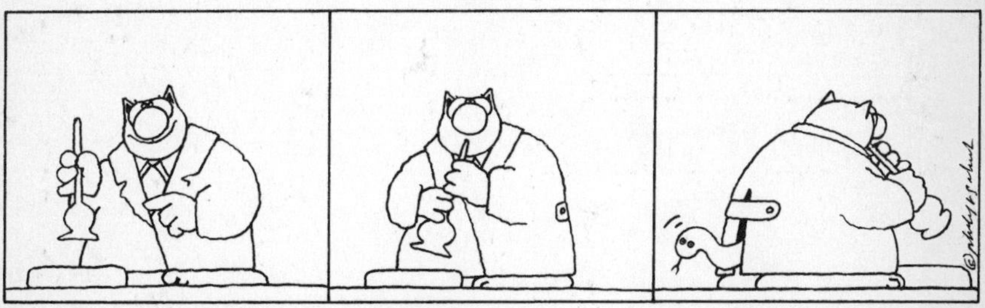

JE COURS TOUT SEUL
C'EST LE MEILLEUR MOYEN POUR ÊTRE TOUJOURS EN TÊTE
MOI, JE SUIS HEUREUX D'ARRIVER LE PREMIER
ET PERSONNE N'EST TRISTE D'ARRIVER APRÈS MOI

iL Y A UN PROVERBE CHINOIS QUI DIT :
C'EST DINGUE NON ?
QUAND ON PENSE QUE ÇA A ÉTÉ ÉCRIT EN 1550

iL EST iNTERDIT DE LiRE CETTE iNSCRiPTION

QUi PEUT LE PLUS, PEUT LE MOINS
ET QUi PEUT LE MOINS... PEUT ENCORE MOiNS

C'EST PAS LE TOUT DE FAIRE DES DISQUES POUR L'ÉTHIOPIE
ENCORE FAUDRAIT-IL SONGER À LEUR ENVOYER DES TOURNE-DISQUES

LORSQU'UN PAUVRE ET UN RICHE
... PERDENT TOUT
LE PAUVRE NE PEUT...
QUE SE RÉJOUIR
CAR IL A MOINS PERDU
QUE LE RICHE

LE FILS DE ROBIN DES BOIS S'APPELAIT ...
ROBINET DES BOSQUETS

CE QUE J'AIME DANS L'EFFORT PHYSIQUE
C'EST AVANT, QUAND ÇA N'A PAS ENCORE COMMENCÉ
ET APRÈS QUAND C'EST FINI

À FORCE DE VOIR LES CHOSES SOUS UN CERTAIN ANGLE
ON FINIT PAR AVOIR LE REGARD EN COIN

LES MALAIS SONT LAIDS
LES PORTUGAIS SONT GAIS
LES COLOMBIENS SONT BIENS
ET LES ESPAGNOLS SONT GNOLS

L'HOMME EST LE SEUL MAMMIFÈRE
À SAVOIR QU'IL EN EST UN

LE TYPE QUI A INVENTÉ LE PREMIER TÉLÉPHONE
A DÛ ÊTRE VACHEMENT ENNUYÉ
DE N'AVOIR PERSONNE À APPELER

JE ME PORTE TRÈS BIEN
MERCI

JE ME PORTE TRÈS BIEN
MERCI

JE ME PORTE TRÈS BIEN
MERCI
ET MOI JE NE ME PARAPLUIE PAS MAL NON PLUS

J'AI TROUVÉ UN PIÈGE À SOURIS INFERNAL
C'EST D'UNE SIMPLICITÉ DÉCONCERTANTE
JE ME DÉGUISE EN FROMAGE...
ET COUCHÉ, IMMOBILE...
IL NE ME RESTE QU'À ATTENDRE L'ARRIVÉE DES PETITES CHÉRIES

S'ATTAQUER À PLUS FAIBLE QUE SOI... C'EST LÂCHE.
S'ATTAQUER À PLUS FORT QUE SOI... C'EST IDIOT
UN MATCH MET DONC EN PRÉSENCE
UN LÂCHE ET UN IDIOT
SAUF EN CAS DE MATCH NUL

CE DESSIN DE MOI A ÉTÉ RÉALISÉ LES YEUX FERMÉS
SI ON LE REGARDE LES YEUX FERMÉS ON NE REMARQUE RIEN

CETTE LIGNE A ÉTÉ TRACÉE À LA RÈGLE PLATTE
(ENTRE NOUS, JE NE VOIS PAS POURQUOI CETTE HISTOIRE...
SE DÉROULE EN TROIS CASES.)
ET VOICI LA RÈGLE AVEC LAQUELLE
LA LIGNE A ÉTÉ TRACÉE

NE VOUS SEMBLE-T-IL PAS ÉTRANGE QU'UN TYPE DE 120 KG VOYAGEANT PAR AVION AVEC UNE VALISE DE 19 KG
... NE PAYE PAS DE SUPPLÉMENT POUR EXCÉDENT DE POIDS.
ALORS QU'UN TYPE DE 60 KG...
VOYAGEANT AVEC UNE VALISE DE 21 KG...
...EN PAYE UN, LUI.

EN LISANT LE JOURNAL, LES GENS CROIENT APPRENDRE CE QUI SE PASSE DANS LE MONDE
EN RÉALITÉ... ILS N'APPRENNENT QUE CE QUI SE PASSE DANS LE JOURNAL

JE ME SUIS DÉGUISÉ EN FER A REPASSER
VOUS M'AURIEZ RECONNU ?
SINCÈREMENT ?!

QUAND CE JOURNALISTE M'A DIT QU'IL VOULAIT ÉCRIRE UN ARTICLE SUR MOI
J'AVAIS IMAGINÉ AUTRE CHOSE

IL M'ARRIVE DE DOUTER DE TOUT
ET JE NE SUIS MÊME PAS TOUJOURS CERTAIN ...
D'ÊTRE SÛR DE DOUTER

S'IL VEUT S'Y VOIR ENTIÈREMENT ...
UN GROS DOIT SE METTRE LOIN DU MIROIR
ET DE LOIN... IL A L'AIR MOINS GROS
LA NATURE EST BIEN FAITE

IL EXISTE RELATIVEMENT PEU...
DE SIGNES EXTÉRIEURS DE RICHESSE INTÉRIEURE

DANS UNE BANDE DESSINÉE ...
L'ÉLECTRICITÉ QU'ON ÉCONOMISE
EN ÉTEIGNANT LA LUMIÈRE
ON LA RE-PAYE EN ENCRE DE CHINE

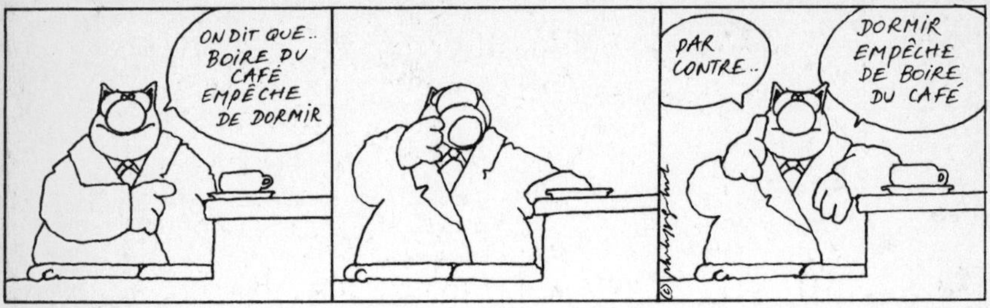
ON DIT QUE.. BOIRE DU CAFÉ EMPÊCHE DE DORMIR
PAR CONTRE..
DORMIR EMPÊCHE DE BOIRE DU CAFÉ

UN COPAIN A PRIS CETTE PHOTO DE MOI
UN JOUR OÙ JE N'ÉTAIS PAS LÀ
LE CON

VAUT-IL MIEUX PARLER BÊTEMENT DE CHOSES INTELLIGENTES ?
OU PARLER INTELLIGEMMENT DE CHOSES BÊTES ?

L'AVANTAGE DE CE GENRE DE VÉLO
C'EST QUE SI JE SUIS FATIGUÉ APRÈS L'"ALLER"
JE NE SUIS PAS OBLIGÉ DE ME TAPER LE RETOUR

IL Y A DES JOURS
OÙ JE VOUDRAIS ÊTRE VOUS.
POUR POUVOIR M'AIMER
SANS QUE CELA NE PASSE POUR DU NARCISSISME

EN VOILÀ UNE QUI FERA PLAISIR À CEUX QUI ONT UN MIROIR

UN TYPE QUI A PLUSIEURS CORDES À SON ARC ...
LE JOUR OÙ IL N'A PAS DE FLÈCHE
IL PEUT TOUJOURS EN FAIRE UNE HARPE

LE TYPE QUI A INVENTÉ L'ÉCRITURE
IL A INVENTÉ LA LECTURE TOUT DE SUITE APRÈS

LE PAPE ET MOI ON A PLUSIEURS POINTS COMMUNS
ON EST GROS, ON A UN GRAND MANTEAU
ET ON RACONTE DES BÊTISES
MAIS MOI C'EST POUR FAIRE RIRE

ON EST QUAND MÊME PAS SI MAL CHEZ NOUS
QUAND ON Y PENSE

AU FOND... ROULER EN GROUPE...
C'EST UNE MANIÈRE DE ROULER SEUL ...
À PLUSIEURS

VOUS VOULEZ ME VOIR DE PROFIL ?
VRAIMENT ?
BON

?

CHAQUE FOIS QU'ON SE VOIT ...
J'ESSAYE DE VOUS ÉTONNER
AUJOURD'HUI J'AI DÉCIDÉ
DE NE PAS VOUS ÉTONNER
ÇA VOUS ÉTONNE !
NON ?

UN TYPE QUI FAIT LE TOUR DU MONDE ...
IL FAIT UN ALLER-RETOUR
AVEC RIEN QUE DES "ALLERS SIMPLES"

UN BON BONBON NE SE DIT PAS EN ANGLAIS ...
A GOOD GOOD GOOD

JE SUIS ALLÉ VOIR UN SPECTACLE D'HYPNOSE
C'ÉTAIT TELLEMENT ENNUYEUX
QUE JE ME SUIS ENDORMI

J'AI ÉTÉ INVITÉ À UN BAL MASQUÉ
MAIS... N'AYANT PAS LE TEMPS DE PRÉPARER GRAND' CHOSE...
JE ME SUIS DÉGUISÉ EN MOI-MÊME
C'EST ASSEZ RÉUSSI, JE CROIS

MON PÈRE EST UNE PLUME
ET MA MÈRE UN POT D'ENCRE DE CHINE
JE SUIS NÉ UN JOUR OÙ MAMAN N'AVAIT PAS MIS SON BOUCHON

NE RIEN PENSER
ET NE PENSER À RIEN
C'EST PAS LA MÊME CHOSE
VOUS NE PENSEZ-PAS ?

IL NE FAUT PAS CONFONDRE MA TARTINE ET TA MARTINE
PAS PLUS QU'IL NE FAUT CONFONDRE LAMARTINE ET MA LATRINE

ROULER À VÉLO C'EST PAS SIMPLE...
CAR POUR VOIR CE QUI SE PASSE DERRIÈRE SOI
ON DOIT SE RETOURNER COMME CECI
ET CE QUI DOIT ARRIVER ARRIVE
POUR ÉVITER CE GENRE DE DÉSAGRÉMENT JE ME METS À L'ENVERS SUR MON VÉLO...
AINSI JE VOIS TOUT CE QUI SE PASSE DERRIÈRE MOI
ET POUR VOIR CE QUI SE PASSE DEVANT... J'AI PLACÉ UN RÉTROVISEUR
PAS CON, LE MEC !

LES DESSINATEURS DE BD. SONT DE GRANDS FAINÉANTS
IL SUFFIT QU'ON AIT UN JOURNAL EN MAINS
POUR QU'ILS SE CROIENT DISPENSÉS
DE NOUS DESSINER DERRIÈRE

PLUS JE GROSSIS
ET PLUS JE M'AIGRIS

LA DIFFÉRENCE ENTRE UN SAINT ET MOI, C'EST QUE DANS SON AURÉOLE À LUI IL N'Y A RIEN D'ÉCRIT

J'AIME LE SON DU COR LE SOIR AU FOND DES BOAS

SI J'ÉNERVE LES AUTRES AUTANT QU'ILS M'ÉNERVENT
JE COMPRENDS QU'ILS SOIENT NERVEUX

QUAND J'ÉTAIS PETIT, JE VOULAIS DEVENIR MAÎTRE DU MONDE
AUJOURD'HUI JE SUIS DÉJÀ TRÈS CONTENT QUAND J'ARRIVE À RESTER MAÎTRE DE MOI

CEUX QUI ARRIVENT LE MIEUX À CONCILIER SPORT ET TRAVAIL
CE SONT LES SPORTIFS PROFESSIONNELS
ET CEUX QUI ARRIVENT LE MIEUX À CONCILIER TRAVAIL ET REPOS
CE SONT LES FAINÉANTS

POUR ÉCONOMISER DU CARBURANT, IL SUFFIRAIT QUE TOUTES LES RUES...
SOIENT EN PENTE
MAIS! ME DIREZ-VOUS...
SI DANS UN SENS ON DESCEND, DANS L'AUTRE ON MONTE
J'Y AVAIS PENSÉ!
IL SUFFIRAIT DE METTRE LES RUES EN SENS UNIQUE, DANS LE SENS DE LA DESCENTE!

IL Y A TELLEMENT DE MOUTONS SOUS MON LIT...
QUE JE VAIS DEVOIR ENGAGER UN BERGER

L'ACTUALITÉ SERAIT PLUS FACILE À DIGÉRER
SI ON NOUS LA SERVAIT DE MANIÈRE DISTRAYANTE
LE SOIR
ATTENTAT
RACISME
BOMBE

LES OBJETS ET LES ANIMAUX PARLENT COMME VOUS ET MOI
LE SAVIEZ-VOUS ?
PFFF...
TSSS...
L'ŒUF DUR... EST-IL CUIT OU CRU ?
CUI
TANT VA LA CRUCHE...
ALLO ?
QU'À LA FIN ELLE SE BRISE
QUI EST LE DIEU DES BERGERS D'ARCADIE ?
PAN
ET POUR TERMINER... QUI A ÉCRIT LES FRÈRES KARAMAZOV ?
FIODOR MIKHAÏLOVITCH DOSTOÏEVSKI

BEAUCOUP DE GENS
SE DEMANDENT CE QUE NOUS FERIONS SANS TÉLÉPHONE
MOI.. JE DIS
QUE FERAIENT LES TÉLÉPHONES SANS NOUS ?

MATHÉMATIQUEMENT SI C'EST UN GRAND PAYS QUI REMPORTE LE MUNDIAL
ÇA FERA PLUS D'HEUREUX QUE SI C'EST UN PETIT PAYS

PROJET DE TERRAIN PERMETTANT
DE DISPUTER LES DEUX DEMI-FINALES..
À LA MÊME HEURE

UN MATCH QUI SE DÉROULE TRÈS VITE
ON APPELLE ÇA LE FAST-FOOT

CE TYPE EST TRÈS ATTACHANT

JE NE SAIS PAS SI J'AI BIEN FAIT DE METTRE CE SHORT
VU LE NOMBRE DE COUPS DE PIED AU CUL QUE J'AI DÉJÀ REÇUS
MEXICO

SOUS MON MANTEAU ...
JE PORTE UN AUTRE MANTEAU.
QUAND JE RENTRE CHEZ MOI
J'ENLÈVE LE PREMIER ET JE GARDE LE SECOND.
AU CAS OÙ ...
JE DEVRAIS RESSORTIR PRÉCIPITAMMENT

IL Y A UN PROVERBE CHINOIS...
DONT JE NE ME SOUVIENS PLUS...
MAIS QUI AURAIT VACHEMENT BIEN CONVENU À LA SITUATION ACTUELLE

COMME NOUS LE MONTRE CET ASTUCIEUX DESSIN
LA DISTANCE A-B EST DEUX FOIS PLUS LONGUE À VOL D'OISEAU QUE PAR LA ROUTE
A
B

COMMENT VAIS-JE ?
ÇA VA... MERCI
SI JE NE PRENAIS PARFOIS DE MES NOUVELLES
PERSONNE NE LE FERAIT

QUAND JE SUIS DOS À UN MIROIR, PUIS-JE ÊTRE CERTAIN ...
QUE MON IMAGE S'Y REFLÈTE
POUR LE SAVOIR, IL ME SUFFIT ...
D'UN AUTRE MIROIR.
MAIS QUAND JE FERME LES YEUX ...
COMMENT ÊTRE CERTAIN QUE MON IMAGE Y SOIT ENCORE ?
IL ME FAUT DEMANDER À UN TIERS.
ALORS ? EST-CE QU'ELLE Y EST ?
OUI, ELLE Y EST
MAIS ....
MAIS ?
QUAND JE FERME LES YEUX ...
JE NE PUIS PAS AFFIRMER QU'ELLE Y SOIT ENCORE

VOICI UNE PHOTO DE MON COPAIN GUY
À PREMIÈRE VUE, ON POURRAIT CROIRE QU'ELLE EST RATÉE
EN RÉALITÉ ...
CE N'EST PAS LA PHOTO QUI EST RATÉE
C'EST MON COPAIN GUY QUI L'EST UN PEU...

C'EST LA VARICELLE
I ♡

QUAND JE SERAI TRÈS RICHE
JE PAYERAI QUELQU'UN POUR FAIRE MON JOGGING À MA PLACE

EN UTILISANT CHACUNE DE CES LETTRES UNE OU PLUSIEURS FOIS DANS L'ORDRE DE VOTRE CHOIX... IL Y A MOYEN DE FAIRE UNE PHRASE TRÈS AMUSANTE
A B C D E F G
H I J K L M N
P Q R S T U
W X Y Z
À VOUS DE LA TROUVER !

LES GENS QUI NE SAVENT RIEN FAIRE ,
CEUX QUI NE PEUVENT RIEN FAIRE
ET CEUX QUI NE VEULENT RIEN FAIRE
ONT UN POINT COMMUN
C'EST QU'ILS NE FONT RIEN

JE CONNAIS UN GYNÉCOLOGUE SOURD
QUI EST CAPABLE DE LIRE SUR LES LEVRES

JE VAIS M'ENVOYER UNE LETTRE DE FÉLICITATIONS
DES FÉLICITATIONS ÇA FAIT TOUJOURS PLAISIR
SURTOUT QUAND ELLES VIENNENT DE QUELQU'UN QU'ON AIME BIEN

MON PRINCIPAL DÉFAUT
C'EST DE CROIRE QUE JE N'AI QUE DES QUALITÉS.
MA PRINCIPALE QUALITÉ
C'EST DE CONNAÎTRE ...
MON PRINCIPAL DÉFAUT

POUR AVOIR DE L'ARGENT DEVANT SOI
LES GENS METTENT DE L'ARGENT DE CÔTÉ
C'EST IDIOT

COMMENT VOULEZ-VOUS QUE JE SACHE SI JE SUIS TROP GROS...
JE NE VOIS PAS LE CADRAN DE MA BALANCE

Z

LE GAG DU TYPE QUI SCIE LA BRANCHE
SUR LAQUELLE IL EST ASSIS
A FAIT RIRE PLUSIEURS GÉNÉRATIONS
LE MONDE CHANGE

QUAND LE PUBLIC RÉCLAME UN BIS À UN CHANTEUR, L'ARTISTE INTERPRÈTE UNE DEUXIÈME FOIS SA CHANSON
LES LECTEURS QUI SOUHAITERAIENT ME DEMANDER UN BIS N'ONT QU'À LIRE DEUX FOIS CE QUE JE DIS

4 ANS DÉJÀ
QUE GEORGES EST MORT DU CANCER DU FUMEUR

LE GARS QUI A INVENTÉ LE LIVRE DE POCHE A TOUT COMPLIQUÉ...
IL A RÉDUIT LE FORMAT DES LIVRES
ALORS QU'IL AURAIT ÉTÉ SI SIMPLE D'AGRANDIR CELUI DES POCHES

AU FOND... L'INCOMMUNICABILITÉ ...
EST UN SUJET DE CONVERSATION

JE TROUVE QU'IL EST UN PEU VEXANT POUR LES LOUPS...
DE DIRE QUE "L'HOMME EST UN LOUP POUR L'HOMME".
JE DIRAIS PLUTÔT QUE...
"L'HOMME EST UN HOMME POUR L'HOMME"
...MAIS C'EST VACHE POUR L'HOMME, ÇA.

AU FOND...
S'IL EXISTE UNE VIE APRÈS LA MORT...
LE JOURNAL NE DEVRAIT-IL PAS ENVISAGER
UNE FORMULE D'ABONNEMENT

IL EST INTERDIT DE FRAPPER SOUS LA CEINTURE

JE NE SAIS PAS SI J'AI BIEN FAIT DE ME DÉGUISER EN CAROTTE JUSTEMENT AUJOURD'HUI

CE N'EST PAS DRÔLE TOUS LES JOURS D'ÊTRE SEUL ...
ET DE N'AVOIR PERSONNE À QUI PARLER.
C'EST VRAI ÇA ?
J'AI DISPOSÉ DES TABLEAUX DANS TOUTE LA MAISON
PAS CON, LE MEC !
QUELLE HEURE EST-IL ?
SIX HEURES ET QUART
AINSI J'AI L'ILLUSION DE DIALOGUER AVEC QUELQU'UN
MAIS C'EST PAS UNE ILLUSION, VIEUX !
ALLONS! ALLONS!
TU NE ME TROUVES PAS RIDICULE ?
MAIS NON !
QUELLE IDÉE !
MAIS NON !
QUELLE IDÉE !
PAUVRE CON.

DES MAUVAISES LANGUES PRÉTENDENT QUE LE TYPE QUI ME DESSINE
NE SAIT FAIRE QUE DES CHATS
VOULEZ-VOUS QUE JE VOUS PROUVE QUE C'EST FAUX ?
MEUH..

UN JOURNALISTE SPORTIF NE DOIT PAS FORCÉMENT ÊTRE SPORTIF
PAS PLUS QU'UN JOURNALISTE POLITIQUE NE DOIT ÊTRE OPPORTUNISTE ET MENTEUR

JE PENSE ...
DONC
JE PENSE

LOGIQUEMENT JE DEVRAIS DIRE LE DOUBLE DE CE QUE JE PENSE
VU QUE JE NE PENSE PAS LA MOITIÉ DE CE QUE JE DIS

CECI EST LE DÉBUT DE L'HISTOIRE
NOUS SOMMES AU MILIEU DE L'HISTOIRE
ET VOICI DÉJÀ LA FIN DE L'HISTOIRE

IL Y A LES CHOSES DONT ON PARLE
ET LES CHOSES DONT ON NE PARLE PAS
MAIS... DIRE QU'IL Y A DES CHOSES DONT ON NE PARLE PAS
C'EST EN PARLER
ET COMMENT SAVOIR QU'IL Y A DES CHOSES DONT ON NE PARLE PAS ?
SI ON N'EN PARLE PAS ?

LE PEN = LE PEN
C'EST MÉCHANT POUR LE PEN, ÇA.

IL PARAÎT QU'AU JAPON
UN CHEF DIRIGE SON ORCHESTRE
AVEC UN COUTEAU ET UNE FOURCHETTE

SI VOUS VOULEZ QUE VOTRE FEMME RESTE À LA MAISON
OFFREZ-LUI DES BOUCLES D'OREILLE
EN BÉTON

SI LES NOUVELLES SONT MAUVAISES
MON LIBRAIRE ME REMBOURSE LE JOURNAL

SI L'ACADÉMIE FRANÇAISE
N'ACCEPTE PAS LE MOT "ZWURGHX" ...
...AVANT LA FIN
DE LA PARTIE
JE CROIS QUE J'AI PERDU

SALUT, TOI !
BONSOIR VIEUX !

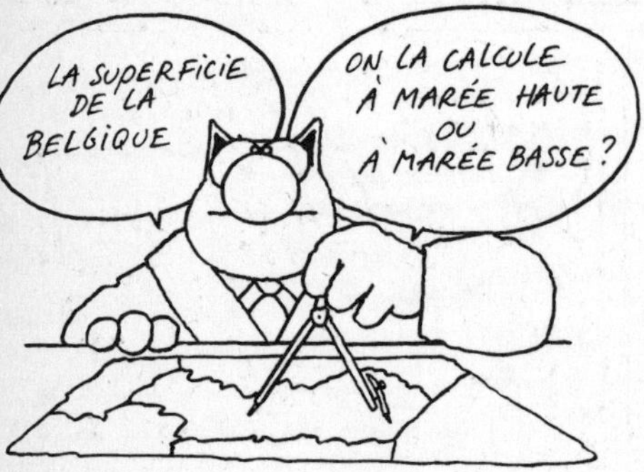
LA SUPERFICIE DE LA BELGIQUE
ON LA CALCULE À MARÉE HAUTE OU À MARÉE BASSE ?

J'ADOPTE UN NOUVEAU SYSTEME DE CLASSEMENT DU TRAVAIL À FAIRE
TROP TARD !
TRÈS TRÈS URGENT
TRÈS URGENT
URGENT

POUR CAPTURER DES SOURIS J'AI TOUT ESSAYÉ
L'ARME BLANCHE, LA FORCE BRUTALE, LE PIÈGE...
ELLES CONNAISSENT TOUT CELA
LA SEULE ARME EFFICACE
C'EST LA RUSE
SI JE NE M'AIMAIS PAS TELLEMENT
JE ME BOUFFERAIS BIEN

Achevé d'imprimer en Europe à Pössneck (Thuringe, Allemagne)
en octobre 2004 pour le compte de E.J.L., 84, rue de Grenelle, 75007 Paris
Dépôt légal octobre 2004
Diffusion France et étranger : Flammarion